묵향의 아침

북향의 아침

인쇄 · 2023년 10월 5일 | 발행 · 2023년 10월 10일

지은이 · 박혁남
펴낸이 · 한봉숙
펴낸곳 · 푸른사상사

편집 · 지순이, 김수란, 노현정 | 마케팅 · 한정규
등록 · 1999년 7월 8일 제2-2876호
주소 · 경기도 파주시 회동길 337-16(서패동 470-6) 푸른사상사
대표전화 · 031) 955-9111(2) | 팩시밀리 · 031) 955-9114
이메일 · prun21c@hanmail.net
홈페이지 · http://www.prun21c.com

ⓒ 박혁남, 2023

ISBN 979-11-308-2090-3   03810
값 14,000원

• 저자와의 합의에 의해 인지는 생략합니다.
• 이 도서의 전부 또는 일부 내용을 재사용하려면 사전에 저작권자와
  푸른사상사의 서면에 의한 동의를 받아야 합니다.
• 이 도서의 표지와 본문 레이아웃 디자인에 대한 권리는 푸른사상사에
  있습니다.

박혁남 시집

국향의 아침

푸른사상
PRUNSASANG

첫 시집을 냈을 때는
초록이 무성한 5월이었다
몸도 마음도 소년다운 기분으로 시가 견인해줄
내일의 희망으로 가득 차 있었다
그러나 마음과는 달리
14년 만에 제2시집을 준비하면서
그 많은 시간들의 가벼움을 느끼며 새로운 고민에 휩싸이기
도 하였다.
문학과 예술의 길은 끝없는 갈래의 길임을 다시 새기며
내일로 가는 디딤돌이 되었으면 한다

서예가와 시인으로 보내며
바람이 그랬던 것처럼
새로움을 향한 소망이 마음 안에서
꺼지지 않는 창작의 불길로 솟아나기를 염원한다

작가의 일상을 거울처럼 지켜보며

감상자로 시를 읽어준 아내와 가족들, 발문을 써주신 신웅순 교수님,

그리고 교정을 도와주신 이은주 여사님,

푸른사상사에 감사드린다

이 책을 마주하는 독자들에게

희망을 주고 기쁨이 되었으면 좋겠다

2023년 가을

夢友軒에서 박혁남

■ 자서自序

제1부　꽃의 손짓

제2부 창을 열고

제3부 다시 읽는 가을

제4부 묵향의 아침

제5부 폭설

제1부

꽃의 손짓

동행

두 개의 촛불은
하나보다 밝다

함께 가는 길은
빛의 하모니

빛은 사랑이다

희망에서 행복으로 가는
꽃길이다

한마음으로
꿈을 향해 가는
황홀한 여행길이다

너의 의미

네가 꽃이도록
내가 잎이 되기로 한
언약 있어
그것으로 인해
나의 삶은
숨이 가쁘도록
기쁨으로 파도칠 것이다

그런 사랑이기를

인생은 풀꽃 노트입니다
내일 혹은 먼 훗날
여백의 문자들을
오늘 파종하는 일입니다

눈부신 사랑과
꽃처럼 아름다운 것들이
결별마저 찬란하도록
연초록으로 물드는
풀꽃 향기 같은 생이기를

2월의 안부

2월의 언덕을 막 넘어온
추운 마음 있을 테니
굳이 지금은 말하지 말자

화로 같은 화병 하나
창가에 옮겨주자

유년의 겨울밤
점령군처럼 돌담을 넘은 바람이
뒤꼍 광 속까지 들어와
빈 항아리 속에서 울다 갔다
그 밤
바람도 외로웠을 것이다

수평선 너머로
꿈을 싣고 사라졌던
목선 한 척
구름 숲을 헤치고
돌아온다는 기별이 먼저 와 있다

천지간을 꽃물 들이고
까치발로 찾아오는 너
먼발치에서 나도 벙근다

나는 어디 숨어서
봄 너를 맞을까

그 이름으로

절벽 위의 집 같은
산이었다

난바다
목선으로 출렁이다가
연동의 물속
휩쓸림에서도
눈을 감지 않았다

삶은
그 산을 오르는 일
그 바다를 건너는 일

줄기와 잎에
물이 오르고
꽃의 이름을 피울
그 아침을
기다리는 일이다

꽃

시방
어린 시인이
걸어오시네

발자국마다
푸른 물이 들어

시방
어린 시인이
노래하시네

맺힌 꽃봉오리
붉은 입술을 여네

흔들리는 듯
그 자리
그리움에
세월이 젖네

독백

세월은 나를 끌고
여기까지 와서
가만히 내려놓았다

이제 내 차례다
청춘의 장작 몇 다발
다시 불꽃을 피워야 할 때다

봄꽃

마음이 먼저 가는 길에
봄꽃 같은
그대가
있었지요

미소만으로
사랑의 바람을 켜는
그대가 있었지요

나의 꽃

쪼그린 채 고개만 들어도
환한 봄이다.
꽃잎은 바람을 만나
꽃눈으로 날린다

기다림은 길고
만남은 짧았던 여운이
갈피마다 쌓인 뜰

바람이 나르는 꽃향기
몇 움큼
가슴에 담고
나의 꽃을 그려본다

봄의 정원에서 만나자

애써 지우거나
기억하지 않아도
환한 봄날

꽃도 향기도
무심히 왔다가
꽃길을 놓고
다시 돌아가는 날

오늘은 우리도
꽃처럼 만나보자

봄. 인사동길

꽃샘바람에 흔들리는 4월
인사동은 지금
향긋한 외출들의 대합실이다
봄꽃처럼 쏟아지는 사람들
저마다 초록 물이 든다

청춘을 지불했던
젊은 날의 무수한 질문들이
낡은 쇠가죽 가방 냄새로
떠오르는 거리

이제는 망각의 뒤안길이 된
모퉁이를
햇살 홀로 더듬는 오후
어디로 갔을까
청춘의 열망과 꽃잎들은
생의 오솔길에서 분실한

무지개를 찾는 것일까

총총한 웃음소리들
길을 찾는다

꽃의 손짓

뿌리와 줄기
잎사귀와 꽃잎
그 향기까지
모두가
숨차게 달려온 것들

평생의 힘으로 피어
한 계절을 밝히고 떠나는
꽃의 여운

이 봄에
다시 그려본다

나의 꽃씨여
피는 날엔
오색빛 연정(戀情)으로
향기롭게
나의 이름을 지어다오

프리지어를 보며

목책 너머
무지개를 꿈꾸다가
다시 그 자리에
덩그렇게 남을 때
나는 한 장의 잎새였다

조용히
아름다운
너 닮은 꽃씨 하나
심지 못하고
너를 보는 나의 삶은

거울 보듯
참 많이도
부끄럽겠다

봄빛 연가

터질 듯한 꽃망울로 켠
등불이 있었네

꽃잎마다
사랑이 돋아
환히 터진 아침 길로
그 꽃 다시 피네

꽃 짐 가득
꿈처럼 오마던
꽃다운 사람 있었네

꽃은 져도

어느 시인은
인생은 풀어야 할 숙제라고 했다

돌덩어리를 가슴에 안고
꽃잠을 꿈꾸는 밤
썰물에도 파도치는
바다만 보였다

일 년을
가슴앓이하다
며칠을 환히 밝히고 가는
저 목련꽃은 어떻던가

어느 시인은
꽃은 져도
향기로 남는
그 아침이 있다고 했다

제2부

창을 열고

그대

마음이
멀어져가는길에 봄꽃잎은
그대가 있었지요
미소만으로
사랑의 바람을 일으키는
그대가 있었지요
봄꽃을 지에쓴다
행복 박희남

창을 열고

소리 없이 피어
떠다니는 초록빛

이런 날엔
조금은
천천히 걸어도 좋겠다

꽃으로
창을 열어
향기에 젖은 마음

이런 날엔
그리운 사람 그리며
길을 잃어도 좋겠다

봄 편지

봄님
어서 오세요
도착하신다는 소식에
얼굴을 그려볼 틈도 없이
마음이 바빠지네요

아지랑이 춤추는 들길 위에
말갛게 헹군
파란 하늘이 그려지네요

꽃을 피우신 후
몇 날 더 있거든
지금은 흐려져
일기장 속에서 사는
첫사랑도 일어나 걷게 하시어요

넉넉한 향기를 뿌리시어
말 대신 미소만 남게 하시어요
봄님
저를 알지 못한다 마시어요
그대 오시는 내일쯤은
매화꽃 동백꽃 마을을 지나
오백 리 훤한 들길로
마중 나설 테니까요

너는

너를 생각한다

너로 하여 봄이 왔고
너로 하여 꽃이 피고
너로 하여
바람 위에 새가 날고
너로 하여 모든 것이 왔다.
너의 노래가
창창한 하늘을 수놓는다

가장 아름다운
꽃 한 송이로 너는 있다
한 권의 책 속에
영원히 살아남을 한 장으로
너는 있다
파도치는 오늘 속에
가장 아름다운 꽃송이로
너는 있다

너에게로 갈 때는

소나무 향기와
옥양목보다 더 하얀
목련꽃이
세상을 밝힐 때

사랑이라는 글자
널어두고 싶다

밤이 오면
향기로 마른 글자에
성냥을 긋고

부시시 연기 속에 타오르는
진달래꽃 빛으로
너에게 가고 싶다

일기장을 넘기며

시간 속을
생생히도 살아냈구나

그 모습 그대로인
눈 맑은 청춘이
꽃샘바람 속에
등불을 걸었구나

설레는 가슴
아직 식지 않았네

꿈은 넘는 거라고
훌쩍 떠나왔던 그 자리
밤을 넘은 촛불이
아직 홀로
달빛처럼 퍼지는 밤

그 시절을 무어라고
적을 것인가
너무 오래라고 보고 싶다고
지금 갈 거라고
그렇게 쓸

내일은
잉크와 노트를
사러 가야겠다

희망의 집

── 미추홀외고 개인전에서

문이 없는 그들의 집에는
넘실대는 5월의 바람과
햇살이 살고 있었습니다.

그곳에서
잊혀진 기억의 복도를
다시 보았습니다.
다시 걷는 피아노 소리와
청대순 같은 필적을 남기고 사라지는
청춘들의 노래를 들었습니다

꿈의 사닥다리를
나리꽃 숨결로 건너는
순수하고 청초한 무리의
미소를 보았습니다

설렘과 유혹의 팽팽한 긴장 앞에서
흔들리며 가는 그들의 아침
굽이치고 부서지며
바다에 이를 것입니다

파도치며 흘러가는
청춘이 아름답습니다

이별

연초록 망울이
꽃이 되는데
한 달

눈에서 가슴으로
파도치더니
그 붉던 꽃들
고향으로 떠난단다

붉은 입맞춤과
탐스런 가슴 껴안은 밤
아직 그대로인데

행복했다고
잘 가라고

봄날이 가고 있다

나의 꽃잎

돌아오지 못할
시간에 대하여
내 꽃잎에게 물었다

남은 사랑으로
가야 할 길을 물었다

꽃잎마저 지고
우두커니 하늘
먹구름 속에서
눈이 내린다

꽃잎이 하늘에 올라
보내는 답신인 것을
처음 알았다

사랑 1

부활을 꿈꾸는
꽃씨처럼
피어나야 한다
사랑은

사랑함으로써
더 큰 사랑을 꿈꾸도록
꽃피어야 한다
사랑은

사랑 2

햇살같이
환한 사랑이
당신입니다

꽃이 피고
다시 질 때도
나는 영원히

그대의
가슴속에서 피는
한 송이 꽃

사랑입니다

사랑 3
― 나리꽃

마주 보는 사이에
꽃이 피었다

은은한
나리꽃 숨결

말로 하지 말고
향기로 말하라는

꽃이 피었다

사랑 4

사랑한 이유로
썰물이 된다면
떠내려가리라

발자국 사라져
오는 길을 잃을지라도

어디인가를 가리켜야 하는
나침반처럼
당신을 향해
썰물이 되리라

다시 꿈

다시 보니
꿈은
천체의 중심에서 빛나는
별이 아니라
눈앞 가까이 핀
꽃이었다

봄꽃들이 떠나는
막다른 골목에서
오로지 한 사람을 기다리는
꽃이었다

새벽 비에 시간이 젖던
그 어느 날
칭칭 감겼던 삶에서 풀려나
말갛게 뜬 눈으로 보았던
꽃이었다

겹겹인
장미꽃 망울 속
엷은 가슴 맞대고
숨 막히도록 기다리는
몇 걸음 넘어 핀
나의 꽃이었다

장맛비

소나기 가시지 않은
회색빛 창가에
발이 묶인 소년의 아침이
웅크리고 있다.
턱을 괴고 앉았다가 이내
고개를 쭈욱 빼고
수묵색 한지 같은
도시의 한구석을 바라본다
시야 그 끝에서
먹구름이 다시 문을 연다
몇 개의 약속들이 붕괴된
소년의 계절이 비에 젖는다

보이는 것은 다 젖는데

쪼르륵 유리창에

물방울 몇 놈이 아직

탐스럽게 눈을 뜨고 있다

또 몇 놈이 덮치면

원래의 모습이 사라질 것이다

소년의 물방울들이

다시 소나기로 쏟아진다

물결이 된다

그리움

신은
인생에게
도저히 풀 수 없는
자물쇠를 안겼다

그대
그리워해도

걸어서는
닿을 수 없어

생각으로 보는
먼 섬을 주었다

7월의 장미

빛나던 한때가 있었다
속살 빼곡히 설렘
앞만 바라보던 시절이 있었다

갓 잎 시들어도
속 꽃잎 앞다투던
그런 시절이 있었다.

나의 아침에
새벽을 건너온 어린 장미
7월의 햇살에
마지막 무대를 채운단다

너는
7월의 공주

서투르고 어수룩해도
아름다울 거야
무지갯빛 수놓을 거야

제3부

다시 읽는 가을

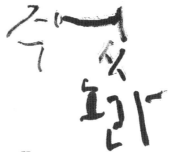

다시 읽는 가을

속으로도 겉으로도
익어버린 저 들녘을
어찌할 수 없다는 것을
온몸을 휘감는 바람으로 안다

허수아비를 세우기엔 늦은 계절
손과 발은 하나로
바람에 칭칭 묶이고
동그란 눈 속으로
번져 나는 황금물결

길이란 길은
모두 샛길같이 좁다가도
저 훤한 들녘 길

어둠에 묻혀서도 빛나는
묵석의 언어

남는 것에 대하여

장맛비 잠시 멈춘 유리창엔
쪼르르 흐를 듯한 물방울들이
투명하게 남아 있다.

그 작은 방울들
강물을 약분하다 보면
강물도 바다도
이 작은 물방울이 아니었던가

여기까지 데려온 삶은
몇 개의 물방울일까
합쳐진 물줄기 지금
소리치며 강물로 흐르고 있을까

강물은 바다로 가고
우리도 가고 있다

산을 오르는 이도
내려오는 이도
저 물방울의 걸음걸이로 가고 있다

꿈과 희망의 끝을
알지 못한다

다만
오르고 내리는 일 또한
저 유리창의 물방울처럼
작게 부서진다 해도

물방울은
바다에 이른다는 믿음으로
우리는 가고 있다

아부지와 소나무 1
― 추도일에

30년 전
장마가 시작되던 여름
높푸른 소나무 사이로
아득한 걸음을 재촉하신 아부지

'사람은 길을 걸을 때
땅을 보지 말고 하늘을 보고
걸어야 한다'

어린 시절
길을 걸을 때마다 아부지는
뜻 모를 이야기를 남기셨다
그러고는 하늘의 나라로 가신 게다

철없던 아부지의 땅에

주름 없는 바람

푸른 소나무 무성한데

산꿩 울음소리

흔들리며

자꾸만 물결을 이룬다

아부지와 소나무 2

― 고향, 노화(蘆花)에 가다

어릴 적 뒷산 소나무
아직도 서녘 햇살에 젖어 있네

이마에 스치는 갈바람
솔향기 품었건만
나의 아부지
이제는 내가 그 아부지로 서서
무명옷 바람에 날리던
할머니의 들길을 보네

거둘 이 없는 황톳빛 밭과
발길 끊긴 낮은 산허리
떠날 때
맹세한 적 없었으나
떨리는 가슴
멀어진 하늘아

어둠이 오고 들길은 아득한데
등불을 켜고 달려오는
솔향기 속에 내가 서 있네

가을에

끝없던 생각의 끝은
결국
가을길로
나서는 일이었습니다

불볕더위에
숨 가빴던 잎사귀들
그 무덥고 지루한 시간을 견디어
가을이 왔습니다

형형색색 알곡으로 채워진
가을 앞에서
삶은
새로운 기쁨을 탄생시키는
신의 입술을 닮고 싶어 합니다

내일에 부끄럽지 않을
버릴 것들을
가을에게 물으며
가을길을 걷습니다

11월

미소인 듯 함성인 듯
오색찬란한 무늬로
햇살에 빛난다

고운 음계들
입맞추며
음악이 된다

열정으로 이어진
꿈결같은 가을 길

삶을 아름답게 번역하는
영혼을 가진
너라면 되겠다

능금

너는
떫은 풋사과로
태어났지만
잘 익은
능금의 빛깔과 향기로
정원을 지켰다

보름달

한 치도 이그러짐 없어야
네가 된다는 사실을
그땐 몰랐었지

한 군데도 모난 데가 없어야
세상을 골고루 비춘다는 것도
도시의 어두운 빌딩 숲 사이를
수십 년 배회한 다음에야 알았지

익은 벼가 고개를 떨구고
가을바람에 젖을 때면
담장에 호박꽃 살포시 피었지
못 올 길처럼 곤한 잠이 쏟아지던
그날 밤에도
너는 한밤을 지키고 있었지

그 들녘을 걸어서
그 바다를 건너서
굽이굽이 돌아온 오늘
다시 너를 본다
수십 번 구겨졌다 펴지는
삶을 본다

둥근 네 모습
희멀거니 사라진다 해도
다시 곧 차올라

내 가슴에
아름다운 노래로 남는다는 것을
나는 알게 되었지

삶의 물결

— ⟨You Raise Me Up⟩*을 들으며

쓰고 있던 모자를

하늘 향해 놓은 그는

어림 60은 되어 보였다

외투 위 주름진 얼굴

가늠할 수 없는 시선의 끝

흔들림 없는 음률

시작에서 끝으로 바람은 불고

삶의 축을 흔드는

그리움들이

모두 3분 안에 있구나

오늘은 어제와 이별하고

내일과 손을 잡는다

기쁨과 슬픔의 집에서

다시 일어나

기쁨으로 노래하는 환희

삶은 그

얼마나 아름다운가

* 네덜란드의 제빵사 출신 비전공 가수 마틴 허켄스(Martin Hukens)가 부
른 노래. 원곡은 노르웨이의 음악 그룹 시크릿 가든의 노래이나 마틴
허켄스의 버전을 듣고 이 시를 썼다.

인동초꽃

인동초꽃 향기가
기억난 아침은 행복하다.
유월의 푸른 숲을 돌아 나오며
잊지 못했지

그 향기 같던 사람을 떠올리고
그의 안부가 궁금하다

그렇지
그런 사람
나에게도 있었지

별을 사랑하는 마음이
별이 되는 것을
그땐 나는 몰랐었지

인동초꽃 향기 속에 있는
아침은 행복하여라

길 위에서

산다는 것은
나를 흔드는 일이다

넘치지 않게
가득 채워주는 것이다

바베트의 만찬* 같은
사랑의 물결로
파도치는 일이다.

가시밭 속에서 피는
장미를 향해
햇살 짓는 일이다

* 바베트의 만찬 : 이자크 디네센의 소설을 원작으로 한 덴마크 영화
  (1987). 사랑과 신앙과 예술에 관한 감성을 승화시킨 영화로, 최고의
  요리사였던 하녀 바베트(스테판 오드랑)가 목사의 두 딸 마르티네와
  필리파, 마을 사람들에게 얽매여 살지 말라는 암시와 함께 복권 당첨
  금을 최고의 만찬을 위해 다 써버린 이야기를 담고 있다.

하늘의 선물

아침 햇살이
눈부실 때
신의 음성이 들린다

너희에게
마음의 빛을 주었노라

저녁 달빛이
강물에 내릴 때
신의 음성을 듣는다

너희에게
고운 가슴을 주었노라

별빛처럼
너희에게
다 주었노라

내일

가시밭길 없으랴
가시 목걸이로
단장한
저 장미꽃을 보면

폴 세잔

외롭게 가는 길도
아름답다는 것을
그때 알았을까

안으로만 솟구치는
생각의 힘으로만 살아도 된다는 것을
그는 알았을까

꽃이 다 진 계절에도
꽃의 모습으로 살 수 있다는 것을
그는 알았을까

영혼의 소리로
적셔지는 푸른 들녘을
세잔은 그때
바라보고 있었을까

청춘에게

아직
청춘이라면
청춘아
산꼭대기에 올라
세상을
둘러보라
거기서 봐야
세상이 디 잘 보이거든

썰물

세상에 그 한 번
달려들지 못해
다시 썰물이다

그날도 바람은 불었고
꽃은 피었지만
드러난 개펄 위
갈매기 몇 점뿐
다시 썰물이다

바다의 한가운데서 돌아본다
드문드문 살아 있는
삶의 미련들이
떠밀리지 않았다

놓아주라

보내야 한다

썰물이여

세상사 다 밀고 가라

지난 이야기 다 쓸고 가라

제4부

묵향의 아침

그해 5월

— 〈희망, 꽃피다〉 개인전을 마치며

그해 5월은 길었다.
거친 숨을 몰아
화살처럼 솟던 줄기들은
꽃을 피웠고
나는
그 길 위에
서 있었다.
시간을 지워버린
5월의 창공
그 시간 속에서 나는
돌아오지 않을
5월의 꽃으로 남고 싶었다.

고서(古書)

돌아보니
바다 한가운데 난민처럼 떠 있다
그새 참 멀리도 나왔구나
초대하지 않았는데 침범한 저 수평선
낮도 밤도 아닌 틈새에 낀 행간들
낡고 빛바랜 시간만 갉아먹던 저 하늘은
녹슨 겉표지로 누웠다

이곳에선
작은 소문들도 더 이상
깊어지지 않는다
노래가 딱딱해진 물새들만이
높이 날았다가 일 획으로 지워지고
바다 끝 어느 쯤에선
식물성 허공을 장만한 나비들이
노랗게 외출했다가 마을로 돌아갔다
석양에 심장이 젖고서야 바다는
음력의 별들을 소환했다
별들의 음계들이

모두 일어나
파도 소리가 될 때
나는 초승달로 떴다

책 속에서
어둑한 냄새들이 딸꾹질을 하며
모서리가 순해진
페이지를 넘긴다
멀지 않은 아침에
누렇게 빛을 머금은
'나'라는 책의 페이지를
그렇게 넘겨줄지도 모른다

가을의 기도

눈을 깜빡이듯
다시 가을
씨를 가진 것들은
다 알곡으로 채워지고
푸른 잎들은 붉어져
이른 석양빛에
마지막 기도를 드리는 시간

경이로운
그 한 토막을 체본 삼아
평생 한 번의 점을 찍듯

잊지 말라고
그 모습이라고

붓도 이 계절엔
편지를 쓴다

묵향의 아침 1
― 붓이여

소리하지 않는
오직 깃발로나
휘날리는 붓이여
밤이면 울라

영혼의 부르짖음을
깊은 밤
짐승의 울음소리보다
더 깊이
까맣게 울어
새벽을 깨우라

목련의 속살에
심줄을 그어놓고 떠나는
봄의 속뜻 같은
마지막 말이 되라

묵향의 아침 2
― 붓의 길

붓의 사명은
향기를 품는 일이라고
쉽게 배웠으나
십 리 밖 꽃을 들이는 일은
쉽지 않았습니다

다시 길을 나섭니다
아득했던 들판을 지나고
높은 산을 오릅니다

별이 뜨고
물소리가 시작되는 곳

그곳에 사는 꽃
향기를 찾습니다

묵향의 아침 3
― 붓의 고향

쌓인 시간은 말이 없고
붓의 생각은 끝없다

시린 꽃 앞에
다시 바람이 불고
먹 향기
떠도는 새벽

무지갯빛 붓 길로
태어나자 했던
그 시절의 운필들이
아지랑이로 피어나면

나는
산으로 가는 길을 물어
산처럼
굳어가고 싶었다

새 노래

— 운담 박민자 개인전에 부쳐

바람과 구름은 지상 어느 지점에서
그 뜻을 처음 꽃피웠는지 알 수 없습니다
다만, 제 한 몸 오롯이 비워낸 후
눈길 닿는 아주 먼 고요에까지
손 흔들어주는 갈대가
유난히 환한 날입니다

바람의 등을 향기로 밀어주며
강 저쪽까지 무사히 이르게 할 줄 아는
눈부시고 환한 오늘 위에 잠시 꽃을 답니다

홀로 끝없이 흔들려
그 많은 새벽을 견디었을 저 목선(木船)
오늘 저 배가 또 한 번의
흔들림을 산란하는 날입니다

순간을 다 꺼내 쓴 아주 먼 후일에도
우리들의 아침은 다시 오고
새벽 강은

저 연어의 힘찬 오체투지를 모아
물속 가장 고요히 깊은 곳 어디쯤에다
새 노래를 엮어 둥지를 틀겠습니다

연못이 겸허하여
그 안에 가난이라는 저녁을 흔쾌히 초대하고
지친 세상에게 말없이 의자 하나 내주었을
작가 운담 박민자

오랜 후에 열어볼
새로운 강 하나 건너는 여기
그녀의 쉬지 않았던 땀방울 모두 모아
햇살로 곱게 포장해 간직해도 좋을 12월
구름과 연못이 양각처럼 눈부신 날입니다

먹빛 연가 1

어둠이 걷히는
새벽 다시
한 술의 먹을 간다

뜬눈으로 지샌
붓의 허기에 맞춰
묵향은 고요 속에서
불씨를 단다

향기로 다가서서
그리움으로 퍼지는
새벽의 길

어느 곳에서 시작되었던가
계곡의 가장 낮은 곳을 채우고
숲을 적시고
바다로 가야 할 이 물길이
파닥거리다가
이내 하늘로 차오르는 새들처럼

세상에도 길이 있어
마음에도 길이 있어
묵향으로
일어서는 새벽

먹빛 연가 2

붓아
이런 가을날
파아라니
목을 길게 빼도 좋겠다

산 그림자를 차고 오르는
맑은 새소리와
찬 물소리로
너는 춤추라

크낙한 꽃
그늘 아래서
부디

선비의 아침에 피는
향기가 되라

먹빛 연가 3

파도는
발아래서 물보라를 일으키며
경이롭게 부서지지만
바다는 안다
가장 끝에서 내려놓는
신음인 것을

그의 가슴속에서
고래를 기르고
심장에서 해가 뜨게 한다

오늘이 오는 길이
바다임을 알 때
그 마지막이
부서지는 파도임을 알 때

천 길 물길로 와
잘게 부서지는 파도는
다시
억만 송이의 횃불이 된다.

캘리그라피 1

너도나도 붓을 들고
청춘의 푸른 잎맥을 그린다
하늘은 더 푸르고
뭉게뭉게 꽃구름도
다시 피어오른다
푸른 잎 새순들을 지탱하는
검붉은 담장도 오늘은
잎새만을 견고히 고정하고 있다.
보이지 않던 길
감성으로 헤아리는
눈빛이 길다
청량한 바람줄기 성한 곳
푸르디푸른 씨앗 하나 심기 위해
그대의 눈 빛나고 있다

캘리그라피 2

네가 건네줄
그 하나의 꽃이 있다 하여
나의 세상은
풍선처럼 날아 오른다

호미와 삽을 들고
날이 새기를 기다리는
농부의 설레는 새벽이다

오늘에서 내일로
햇살은 밝아지고
희망에서 행복으로
꽃은 피어난다

신이 주신 생명과

자연의 혜택에

감사하며 화답하는

푸른 종소리

캘리여

삶의 가치를 깃발로 세워놓은

그곳까지 흘러가

흠뻑 적셔보라

꿈

새가
어디로 날아갔는지
더 이상 묻지 말자
새도
막막할 수 있나니

아직은
보이지 않는
빛의 나라

나는 한 마리 새

그곳에 닿기 위해
꿈빛으로 허공을 가르는
한 마리 새이어라

창작

마음 밖으로
나서야 한다
무성한 숲에서
새들처럼 날다가
밤이 되면
촉촉한 이슬 머금고
사람들의 마을로 내려와야 한다

새벽 등잔불이
가장 밝았을 때
마음 하나 매달아야 한다

자유(自由)

당신이 모르는 곳에서
생명을 얻은 꽃이다
묻지 마라

뿌리와 꽃잎
시작에서 끝으로의
흐름이 다르니
관념의 손짓을 짓지 마라

들풀은 들에서
그 가치를 발하고
얼음 속에서
매화 꽃핀다

다만
자유가 되라
평화가 되라
그 이름으로 살라

세워둔 깃발 아래서
춤추는 사랑이면 된다

제5부

폭설

꿈이 있고 끈불러진 가능 가지인 사람에겐
들어갈길이 없어지 희망 저쪽을 놓지 않는
용이방마의 차가운 용감을 보라
꿈이지지 않는 희망을 보리

이천이심년 희망을 지어쓰다 희빛 박현남

폭설

허공은 길이었구나
바람은 노래였구나

사람들의 나라가
이렇게 조용히 덮여
소리 없이 하얗게
손을 잡았구나

쌓이고 쌓여
하얗게 갇힌
사랑이 있었구나

겨울 감나무

찬바람 속에
사랑 하나 서 있네

양팔 내리내리
바알간 등불 달고
어찌 견딤이랴

살빛 하늘에
꿈을 쏟았구나
너는

희망

끊어지고 구부러진 길을
걸어온 사람에겐
돌아갈 길이 없어야 한다

거꾸로 돌지 않는
물레방아의
차가운 물길을 보라

끊어지지 않는
희망을 보라

아름다운 방황

몇 번을 더 거친다 하여
그 그리움만 하랴

눈밭에 피는
매화 꽃봉오리가 그랬고
얼음을 이고 핀
동백꽃이 그랬고
일찍 눈을 뜬
수선화의 향기가 그랬다

산 너머 다시 떠오른 햇살
그 빛은 어떻더냐

줄기와 꽃
땅에서 하늘로
숨죽여 오르고

꿈길 속에
섬은
파도가 된다

새날이여
아름다운 방황이여

새벽을 줍다

치렁한 어둠 속을
눈이 내립니다

순한 마음과
부드러운 손길을 가진
어린 선녀가 빚었을 게 틀림없습니다

불꽃 같은 청춘
결의의 시간 위에
고요히 눈이 쌓입니다

경계를 지운 고요한 벌판 속에
분분했던 세상도
눈을 감았습니다

먹을 갈고
순백의 화선지 앞에
붓을 세웁니다

묵향이
붓을 지키는
새하얀 이 새벽이
삶의 전부가 되어도
좋겠습니다

함박눈

갈팡질팡
애기의 웃음 같다

상형문자의 나라에서
보낸 편지다

흰 봉투
흰 양면지
글씨도 흰 글씨다

비유의 세상이
다 눈 속에 덮였다

산과
강 들녘이
모두 하얗게
자신의 이름을 잊었다

호접란

이 겨울
누가 불을 지폈는가.
흰 얼굴 붉은 입술
작은 불꽃으로 앉아 있는 꽃
누구의 사랑이 되고 싶은 걸까

밤새 뜬눈으로 불을 살피고도
감기지 않는 그의 눈
홀로 돌아간 가을과
홀로 찾아온 첫눈처럼
그의 고향은 멀다

겨울이 깊어지기 전에
눈이 아득히 쌓이기 전에
다시 물어봐야겠다.
아직 오지 않은 사랑이
있었느냐고

세모 유감(歲暮有感)

세상이
짐작이 안 가던 날
열 치의 허리를 눕힐
땅이 좁았다

하늘을 바라보는 동안
땅은 꽃을 피웠고
꽃에게 다가갈 때
하늘은 더 멀어져갔다

날은 쉬이 비에 젖고
바람 이는 밤에야
고개를 들고
북쪽을 향하는
툰드라의 순록이었다

잉크 마른 엽서

폴폴

겨울 길에 쏟아지는 날

청춘의 어느 한때를 빌려

독백한다

난 지금

햇살처럼 외롭다.

2월의 찬가

동토여
온기를 받으라

잠을 깨고
날개를 펴라

가서
2월의 가슴에 닿으라

삶은 밝아져
앞으로 나아가는 것

심지를 다 태우고
아침을 만드는
촛불처럼

2월이 오면
얼음장 빗장을 열고
매화꽃
그 향기로 만나자

기다림

기다려본 적이 있는 사람은 안다
보고 싶은 것들은 더디 온다는 것을

오랫동안 기다려본 적이 있는 사람은
더 많이 안다
깊은 밤 부엉이 소리가 더 애처롭다는 것을

골동품

낡고 오래된 것들은
버려지는 것이 아니었다
눈 밖으로 밀려
사람들의 동네를 떠나온 것뿐
양지의 유리창 안
향긋한 나무 수반 위에서
다시 살고 있다
첫사랑의 입술로 빛나던
청춘의 한때와
푸시시 꺼져버린 사랑의
이야기를 어둑해질 때까지 들었다
아침을 부르기 위해
어둠 속으로 걸어갔던
어머니의 옷자락에
바람이 불고
그들은 모여
잊혀진 사랑 그 반쪽의 사랑에 대해

자서전을 쓸 것이다
버려진 날이 있었다고
버려져서 또 살았다고

겨울 편지

내 마음에
그대의 마음이 젖어 있고
어느 것에는 그대의
손길이 묻어 있다

거칠고 차가운
12월의 벌판에서
무소식의 편지를 띄우는 삶
총총히 외롭다

높은 산에서
종소리처럼 멀어진
그대의 흔적들을
헤집어보는 날
그대와의 시간들이 모두
사랑이었던 것을
무한의 공간을 적셔가는
그대의 뜰에서

고개 숙인 가로등처럼
쓸쓸한 마음

오늘도
무한을 향해 가는 기차역에서
무소식의 편지를 들고
안녕을 묻는 것이다

새날

밝은 불빛 아래서
다시 촛불을 켜는 것은
어두워서가 아니었다
꽃들 속에서도
하나의 꽃을 향해
더 가까이 다가서는 것은
다른 꽃들이
아름답지 않아서가 아니었다

다시
12월 얼음꽃 속에
흔들리는 달력 한 장을
무지갯빛 손길로
고이 접는다
보여지지 않아서
볼 수 없었던 것들이
새날에 살고 있다

도심의 달

— 병문안

친구야

사방이 꽃들인데
병원 창문가에도
목련꽃 환한데

얼굴이 뽀얗고 통통하여
있는 집 아들 같다던 친구야
의리 하나뿐이라고
껄껄대던 친구야
드러누운 침대를
등에 지고 있는 친구야

훨훨 털고 일어나
껄껄 웃는 모습을
보여줘야 하지 않겠냐

친구야

우물

그 샘엔 인적이 없네
구름이 가끔
얼굴을 비추고 가는 곳

새벽 철철 넘치는 물소리로도
누구 한 사람 깨우지 못한
종을 달고도
물빛만 바라보는
우물 있었네

기다림이 있고
깊어짐이 있으면
우물의 사명은 그만
구름 별 달빛이
잠시 살다 가는 일로
해가 뜨고 해가 지는
우물 있었네

새롭다는 것은

새롭다는 것은
가락을 얹는 일이다
자고 있는 것들이
더 깊은 잠에 빠지기 전에
흔들어 깨워
음표를 넣는 일이다

새벽보다
먼저 일어나
물을 퍼 올리는
첫 두레박이다

새롭다는 것은
자신의 절망과 싸워
이기는 일이다

붓의 생각

글빛 박혁남의 시예술세계

석야 신웅순

1. 문을 열며

2013년 필자는 글빛 박혁남의 〈한글소풍〉 예술세계를 조감한 적이 있었다. 글씨와 시가 가을 물빛같이 맑았다.

> 글빛체. 가을 물빛 같다. 지상의 모든 것들을 맑고 깨끗하게
> 비쳐주는 명경지수. 도화원이 따로 있는 것이 아니다. 여백에
> 그림자까지 비치지 않는가. 누군가가 기다릴 것만 같은 불빛.
> 애틋한 그리움이 반짝반짝 글빛 행간에서 빛나고 있다.
> 한글소풍에는 자작글이 있고 시인의 시가 있고 성경구절이
> 있다. 은은한 색이 있고 멋진 시가 있고 우아한 그림이 있다.
> 그리고 전각이 있고 여백이 있다.
>
> ─ 신웅순, 「글빛 박혁남의 한글소풍」 부분

님의 시서화가 따로가 아닌 이유이다. 님의 출발점은 시서화이다. 대한민국미술대전 서예부문 초대작가와 2회의 심사위원

장을 역임했고 현 한국캘리그라피창작협회 이사장이다. 올해
(2023년) 10월에는 사천에서의 초대전, 11월에는 인천문화재단
의 후원으로 제12회 개인전을 준비 중에 있다고 한다. 시인으
로서의 님은 2004년『자유문학』으로 등단, 2009년에는 첫 시집
『당신의 바다』를 상재했다.『묵향의 아침』은 첫 시집을 낸 지 14
년 만의 두 번째 시집이다. 오랫동안 시서화의 조화를 추구, 궁
구해온 비중 있는 시집이다.

캘리그라피는 고도의 예술성을 요구하는 시서화 장르이다.
님은 서예가·전각가·시인이면서도 한국적인 예술 정착을
위해 노력하고 있는 캘리그라피 예술가이기도 하다. 님의 개
인전이 사뭇 기대된다.

「묵향의 아침 3」으로 님의 시예술을 열어보도록 하자.

쌓인 시간은 말이 없고
붓의 생각은 끝없다

시린 꽃 앞에
다시 바람이 불고
먹 향기
떠도는 새벽

…(중략)…

나는

산으로 가는 길을 물어
산처럼
굳어가고 싶었다

　　　　　　　—「묵향의 아침 3—붓의 고향」 부분

끝없는 구도의 길이다. 붓은 바로 자신이기 때문이다. 님의
예술 세계를 '붓의 생각' 한마디로 요약했다.

"먹 향기/떠도는 새벽", 님은 산으로 갔다. 시인은 "산으로
가는 길"을 물었다. 산처럼 되고 싶은 붓의 길. 님에게 이 무언
의 철학은 어떤 존재일까. 님의 "붓의 고향"은 또 무엇일까. 고
향은 자기가 태어나고 자란 곳이다. 마음속에 일생을 간직한
그립고 정든 곳이다. 시인이 찾아가야 할 길이다. 낙원을 상실
한 현대인들이 찾아가야 하는 길이다. 한 번도 가보지 못한, 가
본 적이 없는, 길 없는 길, 님의 발자국을 따라가 보도록 하자.

2. 유년의 봄

유년의 겨울밤
점령군처럼 돌담을 넘은 바람이
뒤꼍 광 속까지 들어와
빈 항아리 속에서 울다 갔다
그 밤
바람도 외로웠을 것이다

수평선 너머로

131

꿈을 싣고 사라졌던
목선 한 척
구름 숲을 헤치고
돌아온다는 기별이 먼저 와 있다

　　　　　　　　　　　　—「2월의 안부」 부분

　거저 얻어지는 것은 천지 어디에도 없다. 어디라고 순탄하게
오는 것인가. 아니다. 어린 시절 숨어서 맞은 봄이다. 겨울바
람이 "뒤꼍 광 속까지 들어와/빈 항아리 속에서 울다 갔"던 어
린 시절 그 밤바람이 소년에게는 얼마나 외로웠을 것인가. "목
선 한 척"이 "돌아온다는 기별"이다. 그동안 시인에게 무슨 일
이 있었던 것일까. 여기에서부터 길은 시작된다. 님은 유년의
첫봄을 이제 와 돌아보는 것이다.
　님의 여정엔 '풀꽃 향기', '봄', '나의 꽃', '길', '향기' 같은 쉼
표들, 느낌표, 말없음표들이 있다. 마침표들도 있다. 시인이
살면서 놓친 여백이나 빈칸들이다.
　예술은 아름다움을 추구한다. 무언가를 만들어낸다는 것은
무언가를 아름답게 만들어낸다는 얘기이다. 시인에게는 시서
화를 통한 캘리그라피 작업이다. 인생 부호들을 풀어가야 하
는 끝없는 구도의 길이다. 그것은 님이 궁극적으로 지고 가야
할 예술이라는 아름다운 짐이기도 하다.

눈부신 사랑과
꽃처럼 아름다운 것들이

결별마저 찬란하도록
연초록으로 물드는
풀꽃 향기 같은 생이기를

—「그런 사랑이기를」 부분

찬란한 결별은 붓의 고향이며 캘리그라피가 가야 할 지향점
이다. 님이 탐구하는 결별은 종국에는 무목적의 미, 아름다움
에 이르는 길이 아닐까. 미를 찾아가는 세상은 어떤 세상일까.
묵묵히 향해 갈 뿐 알 수 없다. 어쩌면 누구나 다 무모한 도전
일 수 있는, 종국엔 미완성 교향곡으로 끝날지도 모르는 일이
다.

3. 사랑으로

돌아오지 못할
시간에 대하여
내 꽃잎에게 물었다

남은 사랑으로
가야 할 길을 물었다

…(중략)…

꽃잎이 하늘에 올라
보내는 답신인 것을

처음 알았다

산다는 것은 만남과 이별의 연속이다. 회자정리요, 거자필반이다. 전부가 사랑 때문에 생기는 일이다. 시인은 남은 사랑을 꽃잎에게 묻는다. 어느 날 눈이 내린다. 저 눈꽃이 답신이라는 것을 불현듯 자각하게 된다. 시간은 영원히 돌아오지 않는 이별이다. 누구든 이별의 아픔을 겪은 뒤라야 사랑이 무엇인지를 깨닫게 되는 법이다.

그러나 신은 님에게 풀 수 없는 자물쇠 하나를 던져준다. 이 화두를 찾아 붓의 길을 가야 한다. 붓의 길이 만만한 것인가. 얻어지는 것은 아무 것도 없고, 시련 없이 갈 수 없다는 것을, 다만 이것이 사랑이라는 것을 보여줄 뿐이다.

신은
인생에게
도저히 풀 수 없는
자물쇠를 안겼다

그대
그리워해도

걸어서는
닿을 수 없어

생각으로 보는
먼 섬을 주었다

　　　　　　　　　　　　　—「그리움」 전문

　닿을 수 없는 생각이다. 생각으로나 먼 섬에 갈 뿐, 그리워한
들 사랑이 어디 가당키나 한 것인가. 사랑은 사랑하기 때문에
길을 잃게 된다. 그래도 자물쇠의 비밀번호를 풀 수 있는 것은
뭐니 뭐니 해도 사랑밖에 달리 없다.

꽃이 피고
다시 질 때도
나는 영원히

그대의
가슴속에서 피는
한 송이 꽃

　　　　　　　　　　　　　　—「사랑 2」 부분

봄꽃들이 떠나는
막다른 골목에서
오로지 한 사람을 기다리는
꽃이었다

　　　　　　　　　　　　　　—「다시 꿈」 부분

　님은 사랑을 이렇게 정의하기도 했다. 영원히 피는 한 송이

꽃, 한 사람만을 기다리는 꽃이라 했다. 동서고금에 이런 사랑은 없다. 아가페적인 헌신적인 사랑이다. 누구나 다 그런 사랑을 꿈꾼다. 꽃으로만 존재할 뿐 어디에도 존재하지 않는, 하느님, 부처님만이 가능한 완전한 사랑이다. 인간이란 얼마나 나약한 존재인가.

님이 지향하는 곳은 궁극적인 예술미이리라. 불가사의한 인간 세상의 수수께끼일지도 모른다. 고도를 기다려야 한다.

4. 다시 가을 길

어느덧 시인의 인생도 가을이 되었다. 시인은 가을을 읽고 있다. 구도의 길이 거기에는 있을까. 붓의 고향이 거기에는 있을까. 시인은 아버지가 부재한 고향인 노화도를 찾았다.

어릴 적 뒷산 소나무
아직도 서녘 햇살에 젖어 있네

이마에 스치는 갈바람
솔향기 품었건만
나의 아부지
이제는 내가 그 아부지로 서서
무명옷 바람에 날리던
할머니의 들길을 보네

거둘 이 없는 황톳빛 밭과
발길 끊긴 낮은 산허리
떠날 때
맹세한 적 없었으나
떨리는 가슴
멀어진 하늘아

어둠이 오고 들길은 아득한데
등불을 켜고 달려오는
솔향기 속에 내가 서 있네
　　　—「아부지와 소나무 2 – 고향, 노화(蘆花)에 가다」 전문

　소나무 같았던 아버지이다. 붓의 길은 거기에는 없었다. "이
제는 내가 그 아부지로 서서" 먼 들길을 바라보고 있다. 들길,
거기에 나 아닌 아버지로 내가 아득히 서 있다. 내가 나를 만나
러 또 다른 내가 있는 곳을 찾아야 한다. 가슴이 왜 이리 떨리
는가. 고향에 갔건만 자신이 생각했던 그런 고향은 아니었다.

　끝없던 생각의 끝은
　결국
　가을길로
　나서는 일이었습니다

　…(중략)…

내일에 부끄럽지 않을
버릴 것들을
가을에게 물으며
가을길을 걷습니다

—「가을에」 부분

　가을 길을 걷는다. 이제는 자신이 살아온 지금이 생각의 끝이라는 것을 자각하게 된다. 이제 "버릴 것들을/가을에게 물"어봐야 한다. 무덥고 지루한 시간을 견디며 맞이한 가을이다. 무거운 것들을 버려야 할 때이다. 세월은 스승이다. 세월에게 물어봐야 한다. 시인은 가을이라는 인생의 세월에서 그 답을 찾고자 한다.

'사람은 길을 걸을 때
땅을 보지 말고 하늘을 보고
걸어야 한다'

어린 시절
길을 걸을 때마다 아부지는
뜻 모를 이야기를 남기셨다
그러고는 하늘의 나라로 가신 게다

—「아부지와 소나무 1-추도일에」 부분

　언제나 아버지는 든든한 나의 버팀목이었다. 시인은 "땅을 보지 말고 하늘을 보고 걸어야 한다"는 아버지의 말씀을 떠올

린다. "뜻 모를 이야기를 남기셨"던 아버지이다. 어디로 가야 하나. 아버지의 말 한마디는 늘그막 시인 인생의 나침반이 되었다. '청춘아/산꼭대기에 올라/세상을/둘러보라/거기서 봐야/세상이 잘 보이거든.' 시인은 청춘에게, 아니 이 가을에게 명령하고 있다. 세상에서 가장 중요한 것은 눈에 보이지 않는다는 것을 에둘러 말한 것이다.

첫 시집을 낼 때에는 시가 견인해줄 내일의 희망으로 가득 찼다던 님은 제2시집에서는 새로운 고민에 휩싸인다. 그것은 문학과 예술의 길은 끝없는 갈림길임을 인식했기 때문이다. 시인은 내일로 가는 디딤돌이 되고 싶다고 했다.

세월은 또 이렇게 흘렀다. 이제 시인은 옷깃을 여미며 다시 겨울 작업실을 향했다.

5. 나를 찾아서

붓의 사명은
향기를 품는 일이라고
쉽게 배웠으나
십 리 밖 꽃을 들이는 일은
쉽지 않았습니다

다시 길을 나섭니다
아득했던 들판을 지나고
높은 산을 오릅니다

별이 뜨고
물소리가 시작되는 곳

그곳에 사는 꽃
향기를 찾습니다

　　　　　　　　　—「묵향의 아침 2—붓의 길」전문

　서재 몽우헌(夢友軒)으로 돌아왔다. 붓의 시명(詩名)을 다하기
위해서이다. 집을 나갔던 "십 리 밖 꽃"들이다. 유년 시절 봄은
떠난 꽃들이다. 돌아오지 않는 시간들은 어찌할 것인가. 붓이
무겁다. 시인은 작업하다 산을 오른다. 별이 뜨고 물소리가 시
작되는 곳을 찾아야 한다. 꽃향기를 찾아야 한다. 그리고 품어
야 한다. 잃어버린 낙원을 찾는 이것이 붓의 길이다. 그렇다.
붓의 길은 먼 데 있는 것이 아니다. 그가 젊어서 산을 찾은 것
은 어쩌면 우연한 일이 아니다. 산은 아름다움이 멀리 있지 않
다는 것을, 소소한 데에 있다는 것을 시인에게 귀띔해준 것일
게다.
　「폭설」에서 그 해답을 찾을 수 있지 않을까 싶다.

허공은 길이었구나
바람은 노래였구나

사람들의 나라가
이렇게 조용히 덮여
소리 없이 하얗게

손을 잡았구나

쌓이고 쌓여
하얗게 갇힌
사랑이 있었구나

―「폭설」 전문

"허공은 길"이고, "바람은 노래"라는 것을 알았다. 봄, 여름,
가을을 건너왔다. 이젠 겨울이다. 하얀 눈이 내리고서야 알았
으니 반세기도 넘었다. 하얗게 눈이 쌓인 사람들의 나라. 그런
순결하고 깨끗한, 천진난만, 순진무구한 사랑이 눈 속에 갇혀
있다는 것을 알았다. 가장 소중한 사랑은 눈에 덮여 볼 수가 없
다는 것을.

사랑은 이제부터이다. 긴 겨울 편지를 띄워야 한다.

거칠고 차가운
12월의 벌판에서
무소식의 편지를 띄우는 삶
총총히 외롭다

높은 산에서
종소리처럼 멀어진
그대의 흔적들을
헤집어 보는 날
그대와의 시간들이 모두

사랑이었던 것을
무한의 공간을 적셔가는
그대의 뜰에서
고개 숙인 가로등처럼
쓸쓸한 마음

오늘도
무한을 향해 가는 기차역에서
무소식의 편지를 들고
안녕을 묻는 것이다

—「겨울 편지」 부분

12월의 벌판에서 무소식의 편지를 띄우고 그대의 흔적들은 짚어보는 것. 님은 이제 외로움과 쓸쓸함의 정점에 서 있다. 기차는 이 지점을 지나가야 한다. 미(美)는 무한궤도를 향해 가는 기차이다. 역에서 소식 없는 편지를 띄워야 한다. 이것이 진정 가야 할 구도의 길, 미의 길이다. 나를 찾는 길이다.

붓의 생각은 어디까지 와 있을까.

6. 닫으며

'붓의 생각'은 이렇게도 먼 것인가.

아니다. 찾지 못했지만 행복이 그렇듯 분명 붓의 길도 소소하고 가까운 데 있을 것이다. 붓은 지금 무슨 생각에 잠겨 있을까. 마음 안에서 찾을 일이다. 가슴에서 생각은 시작되고 가슴에서 생각은 끝난다. 시인은 사랑은 가슴속에서 피는 한 송이 꽃이라 하지 않았는가. 지는 것도 가슴속이다.

님의 시는 다분히 미학적이다. 미학은 미를 추구하는 학문이다. 시인의 시에는 잡힐 듯 잡히지 않는 어떤 아름다움이 있다. 정서와 사상의 하모니랄까. 이미지와 함축의 만남이랄까.

캘리그라피는 시간예술과 표현예술이 결합된 문학이면서 회화이다. 한국적인 캘리그라피 그 예술미를 지향하고 있는 님께 무한한 갈채를 보내며, 두 번째 시집 『묵향의 아침』 상재를 진심으로 축하드린다. 제3시집을 기대해본다. 시를 읽는 동안 행복했다.

申雄淳 | 시인, 평론가, 서예가, 중부대 명예교수

박혁남 시집

국향의 아침